마음에 드는 글씨

한그루
시선

마음에
드는
글씨

현택훈
시집

한그루

밤에 우동 한 그릇 먹으러 난 이 세상에 태어난 것 같아
이 노래는 참 많이 들어도 질리지 않아
플레이리스트 만드는 건 유언을 쓰는 것 같아
해 지면 우리 더 외로워질 테니 서둘러 풀밭에 가자

차
례

제1부   13   밤우동

14   산양

15   봄노래

17   초콜릿을 다 먹고 기념으로 놓아둔 상자처럼

19   무반주

21   살아있는 음악들의 밤

23   수호

24   유사과학

26   봄빛의 주소

28   쿠폰의 세계

30   토요일 오후 바닷가의 꿈

32   마음에 드는 글씨

34   정파

35   구름의 9월은

36   서귀포 헌책방

38   첫눈

40   주사위

41   밤식빵

42   '파도치다'는 붙여 쓰고, '파도 소리'는 띄어 쓰고

44   바다에 사는 새

제2부

49　흐리고 때때로 흰수염고래

50　다시 수목원에서

51　가슴이 뻐근하다는 말

53　버스에서

55　탑동

56　댕유지의 밤

58　삼승할망의 밤

59　시를 노래하는 마음

60　크리스마스 무렵

62　달에서 본 지구

63　소리샘

65　삼포 가는 길

67　카스테라

68　서호수도기념비

70　화북 공업단지

71　비파나무의 약속시간

73　한림수직

75　갈마도서관

77　우리들의 수학여행

79　옛날 옛적 머쿠슬낭

제3부

85 새를 세는 사람과

87 바닷가에서 모닥불을 피우고 놀다 잠든
사람들처럼

89 그 나물에 그 밥

91 안개비

93 에메랄드 그린

95 유자일기

97 남해

99 온주

101 산책자

103 산남 사람들

105 느림보 여행사

106 제주서림

108 근하신년

110 어제의 이름들

112 금능

113 과수원

114 서귀포 또는 고양이

116 본가입납

118 소년

120 지상의 우편함

제4부

125 갈마동

127 기러기의 노래

129 북제주군

131 로망스

132 꿈속의 꿈

133 수복강녕

135 후일을 도모한다는 말

137 워킹홀리데이

139 아무도 낫지 않는다는 것을 알고

141 언어의 별

142 6월호

143 연북정

144 도굴

145 수로의 마음

146 나의 작은 여동생

147 히든트랙

148 숲

149 증명사진

151 비 오캔

152 풀베개

154 [창작노트]

제

1부

밤우동

때로는 허기만 채워도 벗님을 잊어버린다
오래전에 누군가 밤에 불을 피운 것이
이 마을의 설촌 유래로 전해온다
밤에 우동 한 그릇이 여기 있어
내가 있는 이곳은 따뜻한 마을이 된다
추억은 고명이 되어 라디오 주파수로 흐르고
낯선 집 앞을 지날 때는
조금 움츠러들긴 하지만
밤구름이 돌담 틈에서 넘살거리는
이곳은 개 짖는 소리부터 그리운 세계
때깔 고운 사람이 되어

산양

낭떠러지에 산다
날이 저물면 바위틈에서 목을 빼는 사람이 있다
모퉁이마다 내일로 가득 채운 상점이 있고
비굴의 얼굴들로 문전성시를 이룬다
떨어질 수도 있는 위험을 감수하는 게 안전한 질서이므로
우리의 헌화가는 아직 끝나지 않았다
달의 노래가 벼랑 끝 반만 걸친 발바닥을 스친다

난 떨어지지 않을 거야

여기는 아무도 침범하지 못하는 곳
비탈진 꿈의 안식처

봄노래

옛 봄은 백강생이 타고 헹기못 건너갔네
봄 발자국 따라왔으니 저 너머로 가볼까
노가단풍아기씨 그네 타고 바라보던 하늘
구름은 저무는 바람 한 잎 손에 쥐었네
돌래떡 세 개 주면 설랑설랑 태우고 가 주려나
아직 내게 남은 봄이 있다면
잃어버린 노래에게 편지를 쓰겠네
금요일에 입히려고 산 카디건은 연둣빛인데
수삼천릿길 가다 누군가 만나더라도
시치미 떼고 너의 길을 가야지
봄은 마땅히 그래야지
그럴 자격 타고났지
노래는 다시 돌아와서 노래지
물의 목소리가 햇빛에 반짝거리네
먼 곳은 어디까지가 먼 곳인가요
우리는 언제까지 가야 하나요
토끼풀 지각 너븐드르에 굴을 파고 살겠네
아직 내게 남은 봄이 있다면

그리운 사람에게 편지를 쓰겠네
이야기도 잘 달래면 노래가 되듯
이대로 밤까지 풀잎인 척 흔들릴까
돌아오는 건 봄노래뿐이라
봄마다 부르는 이름

초콜릿을 다 먹고 기념으로 놓아둔
상자처럼

다시 상자를 흔들어 봅니다
부딪치는 소리가 나는 걸 보니
그것은 상자 속에 잘 있나 봅니다
상자 속에만 들어있으면 그만입니다

블라인드를 올리니 햇빛이 들어옵니다
때론 달빛이 나를 흔들기도 했습니다
식탁 위에 놓인 유리컵이 내게 안부를 묻습니다
전에 우리가 함께 바닷가에 간 적이 있나 봅니다
유리컵 속에는 바다가 한가득입니다

낡은 책을 펼치니 글씨가 없고
시간은 문을 열고 닫는 일이었습니다
이런 일이 한두 번이 아닙니다
삼나무들이 길게 드리워진 길을 걸을 때
시간에 대해서 묻던 새는 오늘 아침
식탁 앞에 앉아 스프를 먹고 있습니다
스프를 제법 잘 끓였다며

웃는 벽시계는 멈춘 지 오래입니다
또 누군가 창문을 두드립니다
초콜릿을 다 먹고 남은 상자를
기념으로 놓아둔 것처럼
나는 한참 동안 그곳에 앉아있었습니다

흔들면 흔들리는 대로 흔들렸습니다

무반주

어둠이 도마뱀을 삼키자 제법 빨라졌다

반나절 동안 구름은 바람의 호흡을
따라 하느라 많이 묽어졌다

서둘러 떠난 너는 아무런 흔적을
남기지 않았다고 여기겠지만
뒤를 돌아보면 안 된다

파도는 혼자 꾸는 꿈이기에
기회다 싶으면 사라질 것

노루 출몰 경계 표지판처럼
경고 메시지가 불쑥불쑥 도착한다

산 몇 번 넘으면 계절이 바뀌는 들개에게도
안온한 영역이 존재해야 하므로

어둠을 끼얹은 당신은 팔짱을 낀 채 휘파람을
불고 짙은, 검푸른, 산남에서
목소리조차 모두 여음이다

우리 우연히 다시 마주친다 해도
서로 알아보지 못하기를

살아있는 음악들의 밤

그때는 꽤 살아있었다
자정을 넘기면 귀신이 나올 것을
두려워할 줄도 알았다
손전등이 생활필수품일 정도로
어두운 마음이 살가웠다
음악은 좀비처럼 끈질기게 질척거리고,
금성카세트라디오는
낮에는 엄마의 베란다가 되어 주었고,
밤에는 나의 다락방이 되어 주었다
노래는 상비약처럼 곁에 둘 만했다
엽서에 적었던 마음은
시의적절하게 잠들었으니
동네 입구 버스 정류장에 내리는 일이
꿈만 같을 거라고는 짐작하지 못했다
사랑하는 음악들이
동서남북 종이접기 운명에 맡기며
그때는 어느 정도 살아있었다
사랑하는 음악들이

지금 되돌아보면 놀라울 정도로
적당히 살아있었다
그럭저럭 살아있었다
귀한 손님이 오면
쿨피스를 대접하는 마음의
음악들이

수호

그 마을에서 태어난 소년은
뱀 이야기를 싫어했다
학교에 가면 뱀 마을에서 왔다고 놀렸다
어른이 되어도
뱀에 대해 말하는 사람이 있으면
목 조를 기세를 부렸다
여동생이 결혼하는 날
여자가 시집갈 때는
항아리에 뱀을 담고 집을 떠난다고
말한 사람을 뱀눈을 하고 째려봤다
뱀이 여자의 치마 속에 들어가
똬리를 틀고 있다지
뱀 얘기가 길어지자
그가 술잔을 던졌다
이 경사스러운 날에 무슨 일이냐며
나이 지긋한 사신이 말렸다
여드렛당 너머에서 백사가
기어오는 오후였다

유사과학

선풍기 틀고 잠들면
여름 바닷가에서 깨어나지 못한다
너무 행복한 꿈을 꾼 밤은
아침을 맞이하는 게 두려워
그냥 그곳에 머물러 버리는 사람이 있다
낡은 라디오를 머리맡에 두고 잠들면
시간이 느리게 간다
안개를 많이 마시면
머리가 돌덩이처럼 무거워진다
비가 내리면 보이지 않던 새들이
하나둘 보이기 시작한다
사진관이 있던 자리에는
음악이 내려앉는 게 잘 어울린다
안개등을 켜도 앞이 잘 보이지 않으면
근처에 사슴이 있다
완만하게 헤어진 사람들은
계곡에만 들어서면 잘못을 뉘우친다
버스를 타면 뒤쪽 창가에 앉는 사람은

대체로 노래를 잘 못한다

겨울의 근황이 차창 밖으로 지나가는 걸

보는 사람은 모두 먼 세상의 소식을 떠올린다고

저명한 바람이 내게 말했다

목이 긴 대파는 시장바구니에서

어슷썰기한 미래를 궁리한다

봄빛의 주소

바람이 불면 녹슨다
바람이 불어 지하실에 물이 가득 찼다
우리는 계절을 아프게 치러야 하는
빈 병들 같다

오늘은 우편함이
방공호처럼 보인다
바람과 함께 잠들었던
날들이 가득하다
우편함 속에 들어가 누우면
빛깔의 노래가 들려올 것 같다

제비가 들어와 봄이라고 깨우면
아직 받지 못한 편지가 있다고
돌아눕는 봄
그래도 여치가 울기 전에
날 깨워줘
이참에 꽃잎을
서랍 가득 넣어둘까

돌담에 난 송악 따라간 막은창
매화 핀 집 거미줄에 걸린 봄빛
생선을 팔던 사람이 살았던 집에는
백설희의 노래 '봄날은 간다'를 잘 부르던
사람이 살았었다

봄은 창가에 꽃병을 두던
옛날 사람을 닮았다
새의 전생은 눈물이라고
말하던 사람은 이목구비가 뚜렷했다

바람은 편지봉투에 들어가기 바쁘다
거봐, 지난 계절은
흘러가지 않고 바람이 되었잖아

빛바랜 편지들은
봄날 사서함에 가득하다
비에 젖은 우편배달부가
우리 집으로 오던 그 봄처럼

쿠폰의 세계

이 길은
돌멩이의 길
징검돌을 밟으며
너에게 간단다

봄에게 간다면
곰돌이 인형처럼
이 구석 자리에
앉아 있을 거란다

너를 대신하는 것들은
끈 풀린 운동화처럼
나를 바라보고 있구나

끝내 너에게 가지 못하고
흩어진 꽃잎들은
소파 밑에 수북할 것이므로
이 세계에서는

푹신한 음악에
숨어도 좋다는 것이냐

사람의 세계는 또
얼마나 작고 귀한
존재인 것이냐
공전의 발자국을 찍으며
이렇게
너에게 가는데 말이다

토요일 오후 바닷가의 꿈

꿈에 나는 해파리가 되어 어둠 속을 헤엄쳤다
한참을 헤엄쳐 어디론가 가는데
다리에 붕대를 감은 사람들이 흘러가고 있었다
한 닷새 즈음 헤엄쳐 갔다
참 재미없는 꿈이라고 나는 생각했다

아내는 나의 꿈 얘기를 어둠처럼 가만히 들었다
나는 아내에게 꿈 얘기를 꽤 오랫동안 헤엄치듯 말했다
토요일 오후 바닷가에 간 적 있군요
소독약 냄새 나는 목소리로 아내가 프로이트처럼 말
했다
나는 토요일 오후 바닷가에 간 날들을 떠올렸다

어렴풋하게 기억에 남는 것들은
토요일 오후 바닷가에 간 날들과 닮았다
파도에 떠밀려온 해파리를 본 적 있다
토요일 오후 바닷가에서
맥주를 마시며 춤을 춘 적 있다
파라솔 아래 누워 낮잠을 잔 적 있다

그런데 다리에 붕대를 감은 그 사람들은
어디로 흘러갔을까
금요일 아침에는 토요일 오후를 기다린다
그러므로 무슨 뜻이 있지는 않을까, 하는 기대가
토요일 오후 바닷가로 우리를 보낸다

토요일 오후 바닷가에 가는 건 쉬운 일 같지만
아주 어려운 일이므로

마음에 드는 글씨

죄송한데 종이와 펜을 좀 빌릴 수 있을까요
그 말은 간곡하진 않지만 약간의 간절함이 필요한 말

종이와 펜을 빌린다는 건
어쩌면 아주 큰 집을 빌리는 것
그 집은 넓은 유리창 너머로 정원이 보이고,
꽤 괜찮은 오디오가 거실에 있지

어른이 돼서 한 일 중 하나는
찻집에서 종이와 펜을 빌린 일
그것은 약간의 뻔뻔함과 흐릿한 불성실을 비추는 일

네가 아니어도 내게 종이와 펜을 빌려줄
비파나무에겐 푸른색 펜과 갈색 메모지가 있었다고
종이에 쓸까
아까 말한 그 집은 종이와 펜과 함께 돌려줘야지
바람도 그런 쪽으로는 아주 능구렁이지

단 한 번도 빌려주지 않은 사람이 없을 정도로
고마운 사회
봄바다에게선 빌릴 게 너무 많아
봄날 바닷가 파도가 민박집 창문에 편지를 쓰지

버스를 타고
코스모스가 손짓을 할 정도까지 가면
식탁 위 꽃병엔 사랑이 몇 송이 시들고
찻집 벽지를 뜯어내면 함박눈이 내릴 거야

정파

언덕 아래 밤이 머무는 곳에
메기가 살고 있다고

락스 향 가득한 꽃밭 지나
쥐 죽은 듯 조용히 지낸다고

물살이 살갗을 찢고
살점을 두고 가도 아무도 모르는 냇가에

인공위성이 창밖 밤하늘에서 멈칫거리면
누가 볼까 봐 벽 쪽으로 모로 누워
가만히 눈 감는 밤에

구름의 9월은

9월의 구름이 집 앞에서 나를 기다려준 적 있다
3층 들꽃 여인숙 복도 창문에서 나는 그 구름을 봤다
구름은 삼담파출소 방향으로 살살 움직이고 있었다
그때 나는 시간이 멈춰도 좋겠다고 생각했다
지친 여름은 한천의 바위가 되었다
금 간 유리창 너머의 구름이 나를 기다려주고 있었다
심지어 나는 간세둥이에다 귓것이나 마찬가지인데
나를 기다려주는 구름은 햇빛을 받아 보랏빛으로 빛났다
그날 9월의 구름에는 꽃향유가 폈다
여인숙 계단은 딱딱하고 끈적끈적했다
발이 잘 떨어지지 않았다 30년 전에 죽은 엄마가
나타날 것만 같았다 새시 문을 열자

서귀포 헌책방

서귀포에서는 헌책방 하나
차리고 싶은 마음이 들 정도의 바람이 불 때 있다
바다에서 그리 멀지 않은 곳에
다섯 평 남짓 죽어지는 세를 얻어
이중섭처럼 머물러 보는 것이다
다 읽지도 못할 거면서
아득바득 모은 책들
그 책들도 펼쳐질 권리가 있지 않겠나
오후 네 시, 헌책방 유리창으로
들어온 햇볕을 받으며 고넹이는 잠들고,
손님 없으면 꾸벅꾸벅 졸 수 있어서
좋은 서점
계절은 책이 된 지 오래되었고,
노랫소리에 쌓인 먼지들
약간 젖은 마음으로 슥 닦아내도 좋을 일
비파가 익을 무렵
튜브를 타고 아주 먼 바다까지
나갈 수 있을 것 같았지

왕년에 잘나가던 책들도

헌책방에서는 모두 어깨동무

선명했던 하루가 점점 빛이 바래고 있다면

서귀포에서 헌책방을 차리자

수평선 너머에서 불어오는 바람에

담팔수나무 낭썹이 푸르른

첫눈

새 발자국 같아

우리 공원까지 걸을까

첫눈은 따뜻하다는 착각으로
눈 위를 걷게 한다

바람은 차가운 목소리로
우리의 노래를 따라 부른다

노래는 마른 나뭇가지를 부러뜨리다가
긴 다리로 경중경중 걸어간다

공원에 도착하니
우리 같은 사람이 어디 한둘인가

일 년 중 하루만이라도
노래 없이 저녁을 맞이할 수

있을 것 같았는데

웅성거리는 눈송이들

공원에서 아이들이
죽은 새를
첫눈에 묻고 있다

너의 눈썹에 묻은
눈까지 쓸어가면서

주사위

UFO가 지나간 하늘 아래
풀밭에서 염소가 풀을 뜯어먹는다

바람에서 차가운 향기가 난다고
수첩에 메모하고
버스 차창을 닫는다

심야 영화를 상영하는 시간에
라디오를 듣는다

무당벌레를 삼킨 새가
나뭇가지에 앉는다

밤식빵

빵 속에 밤이 들어 있습니다
밤은 달콤하고 부드럽습니다
밤은 오래되고 희미한 길을 만듭니다
그 길로 나는 미끄러져 들어갔습니다
그 길에는 낯익은 버스 정류장도 있고
봄바람도 붑니다

밤식빵은 언제나 밤입니다
아침이 올 것도 같지만
유통기한이 그것을 증명하는 것도 같지만
이대로 밤나무 한 그루 드리우고
밤의 세계에서 모든 파도를 맞이합니다
그것이 밤식빵의 길이라면
그 길에서 아주 오랫동안
지친 버스 한 대를 기다리면 좋겠습니다

이미 지나버려 다신 오지 않을
버스가 저 먼 수평선 너머에서

'파도치다'는 붙여 쓰고,
'파도 소리'는 띄어 쓰고

파도는 파도가 서로 부딪쳐 붙으니까
파도치는 것이고
파도 소리는 밀려왔다 잠시 쉬고 다시 밀려가니까
파도 소리인 것일까

일부러 붙여 쓰고 싶을 때도 있고
일부러 띄어 쓰고 싶을 때도 있다

아버지와 경마장에 갈 때
함께 버스를 탔다
갈 때는 같이 앉아
그날의 우승마에 대해서
서로 점치며 비교하고
점심시간에 짜장면을 먹을 땐
마주 보고 앉고
집으로 갈 때는
멀찌감치 떨어져 앉아
각자 먼 하늘을 쳐다본다

아버지는 버스 맨 앞자리에

그것도 운전수 바로 뒤에

거의 뼈만 남은 채 앉아 있고,

나는 바퀴 때문에 바닥이 조금 올라온

자리에 앉아 파도치는 노래를

들으며 파도 소리 같은 숨을 쉰다

바다에 사는 새

온종일 10층으로 물을 길어 올렸다
물은 배관을 타고
10층 바다에 밀물로 밀려왔다
나는 부러진 부리로 물을 찍어 먹었다

날아가기 좋은 벼랑이라고
일기장에 썼던 게 벌써 작년 겨울이다

저녁이 되면
밀물과 썰물은 쓸쓸하게 자리를 바꾼다
엘리베이터가 끌어올리는 지친 새들
새끼들이 새를 쪼아먹는다

11층, 12층에 살던 새는
엘리베이터 타고 날아갔지만
언젠가 술집에서 건너 테이블에 앉아있었지만

이제는 날아가고 싶다고

갯바위에 똥 눌 때가 좋았다고

파도에 깎인 오피스텔 유리창에게 고백한다

제

2부

흐리고 때때로 흰수염고래

구름이 내려앉은 바다에 흰수염고래가 헤엄을 친다
젖은 꿈을 꾸는 안개비는 옛날 이야기의 산에서 내려
왔을까 사람들은 안개로 만든 배를 타고 수평선을 넘
을 것 같다 바다거북 등을 타고 꽃들이 가득한 섬에
다녀온 사람의 이야기를 들은 적 있다 안개는 무엇이
든 다 만들 수 있다고 장담을 하던 작은외삼촌을 닮았
다 알몸으로 바다에서 첨벙거리던 날까지 갈 수 있을
까 바다는 구곡간장을 품고 있어서 다시 집으로 돌아
오면 둥근 지붕이 되는 이야기가 젖은 빨래 같다 오늘
날씨는 흐려서 명징하다 흐린 날엔 흐린 얼굴로 살아
야 하는 생태계가 있으므로 흰수염고래가 헤엄친다
안개비에만 속수무책인 건 아니기에 축축한 날들의
일기예보를 짜서 내일 햇빛에 말린다

다시 수목원에서

한 시절 지나고
다시 찾은 수목원
키 큰 나무
잎사귀가 넓다
손가락만 한 송장벌레가
낮잠을 잔다
나무 뒤로 몇 걸음 걸어가니
달팽이가 아기 주먹만 하다
구름이 내려와 버섯이 된 그곳에
당신 발자국이 보여
내 발을 그 위에 대 보았다

가슴이 뻐근하다는 말

새 시집을 읽었는데
좋고 슬프고 좋고 아프고 하다 보니 뻐근하다고
희가 말했다

새 인간을 사 왔던 시인인데
이번엔 어딘가로 스미는데

모든 책을 비닐 커버로 씌우면 좋겠어
사기 전에 읽지 못하게 말이지

서귀포를 자동 번역하면
텅스텐이 될 것 같아

그것은 탁구의 뒷면 같은 것
하늘의 이면에서 나타났다 사라지는
우주선 같은 것

슬프고 좋고 아프고 좋고 슬프고
아프고 좋고 아프고 좋고 아프고

좋고 아프고 좋고 슬프고
약국에서 약을 사고

대체휴일에 바닷가에서 한참을
왜가리처럼 바닷물을 바라보는 말

버스에서

남자의 입 모양만으로는
무슨 말인지 알 수 없었다
몇 정류장이 지나고,
여자가 먼저 일어나 버스 출입문에 섰다
그때 남자가 여자를 향해 입 모양만으로
소리 없이 말했다

아, 그 말은 분명하게 알 수 있었다
"잘 가"

이별은 쉽게 눈치챌 수 있다
바람에 흔들리는 나뭇잎처럼
손을 좌우로 흔드는 게
마지막 기력 같다

이별할 수 있을 때
인사할 수 있을 때

우리는 눈을 끔벅거리는 것 같은
인사를 한다

간혹 버스는 정류장을 지나치고
사람들은 대개 인사 없이 내린다

탑동

누군 깨진 불빛을 가방에 넣고
누군 젖은 노래를 호주머니에 넣어

여기 방파제에 앉아 있으면 안 돼
십 년도 훌쩍 지나버리거든
그것을 누군 음악이라 부르고
그것을 누군 수평선이라 불러

탑동에선 늘 여름밤 같아
통통거리는 농구공 소리
자전거 바퀴에 묻어
방파제 끝까지 달리면
한 세기가 물빛에 번지는 계절이지

우리가 사는 동안은 여름이잖아
이 열기가 다 식기 전에 말이야
밤마다 한 걸음씩 바다와 가까워진다니까
와, 벌써 노래가 끝났어
신한은행은 언제 옮긴 거야

댕유지의 밤

동카름에서 한라산 쪽으로 올라가면
보로미 벵듸에는 졸갱이가 참 커서
한입에 넣기 어렵지
그 벵듸 우터레 더 올라가면
자왈이 나오고, 그곳에
줄장지도마뱀이 사는데 그 꼬리는
하늘레기 줄기처럼 진진하지
더 지픈 숲으로 들어가면
구름을 먹고 사는 버섯이
어른 손바닥만 하게 자라지
안 믿어진다면
동자복과 서자복을 봐
그 옛날 덕판배는
유구국에도 가고,
안남국에도 갈 정도로
아주 큰 배였지

두꺼비처럼 큰 할망 손이
내 머리를 쓰다듬으며
이야기가 시작된다

옛날 하고도 아주 먼 옛날,
온 세상이 까맣게 어두웠을 때
설문대할망이 있었는데
그 몸이 얼마나 컸던지……

삼승할망의 밤

눈 내리는 저녁이었다 월림리로 아기를 받으러 갔다
초산이었다 산모가 숨넘어갈 듯 신음했다 다행히 산
모도 아기도 건강했다 수술 가방을 보건소에 두러 가
는데 또 연락이 왔다 이번에는 금악리였다 눈보라가
거세졌다 하지만 지금 아이가 봄을 향해 나오고 있지
않은가 눈 속을 뚫고 도착한 집에서 아이는 이 세상에
나왔다 자정이 지났는데 다시 눈길을 걸었다 하룻밤
에 세 번의 빛을 본 날이다 눈이 정말 따뜻했다

시를 노래하는 마음

일기예보를 보며 내일 너의 날씨가 궁금할 때
파도 소리가 네 노래가 되어 내 귀를 적실 때
우리 같이 듣던 노래가 라디오에서 들려올 때
꿈처럼 흘러간 것들이 모두 그리워질 때
그때 내 마음 너를 사랑하는 마음 내 마음
서랍 속에 넣어둔 시가 구름 위에 떠 있을 때
눈물이 고인 생이못에 새 한 마리 날아들 때
시집 속 글자들이 웅웅거리는 바람 소리 낼 때
사랑이라 말하기 쑥스러워 대신 노래 부를 때
그때 내 마음 너를 사랑하는 마음 내 마음
비 개인 하늘에 떠오르는 너의 얼굴
그 순간 내 마음 노래가 되었다고

크리스마스 무렵

재준이 말로는
뭔가 형의 향수를 자극하는 요소가 있었을 거라고

아내가 퇴근하기 전
나는 낯선 동네를 걷고 있었다
주택가 작은 식당 앞에는
젊은 연인들이 줄을 서서 기다리고 있었고
비둘기가 횡단보도 위를 지나고 있었다

발길 닿는 대로
무서운 말이지

겨울 햇살 드리워진 빌라 입구에는
1인용 트램펄린이 있었다
그 위로 알 수 없는 공기가 튀어오르고 있었다

집에 가서 누워서도
자꾸만 그 빌라 입구 모습이 떠올라

마침 찍어둔 사진을 재준에게 보냈더니
재준이 말로는
뭔가 형의 향수를 자극하는 요소가
있었을 거라고

그날 밤엔 목마를 타고
함박눈 가득 쌓인 병원 옥상에 갈 수 있을 것 같았다

달에서 본 지구

낙타는 바다에 가서도 생각하겠지
어떻게 저 사막을 건널까

고래는 사막에 가서도 생각하겠지
어떻게 저 바다를 헤엄칠까

롤러코스터를 타면서
문자를 보낼 수 있고,
다른 사람과 술을 마시면서도
너를 생각할 수 있는 나인데

편지를 보내면 도착할 것만 같은 거리
적당히 멀리 있어서 그리워할 수 있네

나는 너에게서 점점 멀어지고 있어
나는 너에게서 점점 멀어지고 있어

소리샘

소리샘에는
버스 정류장에서 찬바람 맞던 저녁이 들어 있다
자정 무렵 집에서 나와 걷던 하천길이 들어 있다

기찰 타고 아주 멀리 가자며
차창 밖 풍경에 노래를 흘려보내던
여름 햇빛이 가득하다

연결이 되지 않는다는 안내를 따라가 보면
모퉁이에서 쭈그려 앉은 민들레에게도 안부를 묻고
삐 소리 후 시작되는 물소리를 들으며
가늠할 수 없는 깊이에 눈을 감는다

설원의 바람을 머금은 귤
한입 물면 흘러나오는
노래를 꾹꾹 눌러 담는다

빗소릴 들으며 잠자는 고양이가
꿈에서 헝클어놓은 실타래
실마리 하나 잡고 죽 당기면
지구가 끌려 나오겠다

삼포 가는 길

어제는 비가 내리고, 오늘은 햇살이 가득하네

대전역에서 처음 만났지 노란 머리의 너를
우리는 고시원에 나란히 누워
키노, 무지개, 박정대, 창작노트를 말했지
우리의 말은 라디오 주파수처럼
어디론가 퍼져 아주 먼 세계로 끝없이
유영하고 있는 것만 같아

빨간 마티즈를 타고 삼포로 가자고 했지
갈색 머리의 너와 나
우리는 고속도로 휴게소에서 핫바를 먹으며
화장실에 간 백화를 기다렸지
시로 사진을 쓰는 것도 괜찮을 것 같아
너의 말을 듣고 나는 고개를 끄덕였고
강물이 서쪽으로 흐르고 있었지

간단히 차 한잔 마실 수 있으면 좋겠어
카메라로 시를 찍는 건 어떨까
기억은 흘러나와 삼포도 지나고
아주 먼 세계의 초록색 지붕 집
마루에 누워
한 소절만 들어도 울먹일
노래를 듣고 있을 것만 같아

카스테라

카스테라는 큰고모부가 사야 한다
아무나 못 사고
큰고모부 정도 되어야 살 수 있다
이 섬에서는
제삿날 저녁에 카스테라를
상에 올린다
귀한 음식이라 조상님 먼저 잡수시고
음복할 때까지 꾹 참고 기다리면
평소에 말하지 않던
얘기까지 꺼내고 나면
숨죽여 듣고 나면
졸음도 이겨내면
먹을 수 있는
달콤하고 부드러운 카스테라
부드럽고 달콤한 밤이 깊어간다
다시 맛보지 못한다면
억울해서 죽을 그 맛

서호수도기념비

1927년 서호리에 수도가 처음 들어왔을 때
마을 사람들은 잔치를 했지
돼지를 잡고 넉둥배기도 했지
통물에 가서 물허벅에
물을 길어 오지 않아도 된다며
집집마다 물을 벌컥벌컥 마셨지

각시바위 절곡지물에서 마을까지
물을 모시기 위해
모두 팔을 걷어붙이고 땅을 파고
모금을 했지
일본에 간 사람들도 돈을 보내왔지
마침내 수도가 완성된 날
나라를 되찾은 것처럼 환호성을 질렀지

이제 마을에는 아파트가 들어서고
비석에는 이끼가 끼고
시멘트 뒤덮인 길모퉁이에 찾는 이 없지만

시원한 물 한 사발을

기념한다는 것은 마르지 않아

비석에 부는 바람이 홍건하다

화북 공업단지

스레트 지붕이 시인 여럿을 만들었다는데
그 지붕에 떨어지는 빗방울은 시의 연과
행 따라 떨어지며 빗소리를 냈다는데

부르끄 화단은 여름방학이면 더 무성해졌다는데
햇살이 내려앉은 잎사귀는
색채의 세계를 알려주는 미술 선생님이었다는데

한 시간에 한 대 버스가 집 앞을 지나갔다는데
엄마가 오지 않으면 한 시간을 더 기다렸다는데
누나가 기대곤 했던 유리창 아래 벽은
세고비아 기타가 오랫동안 기대어 있었다는데

비파나무의 약속시간

나는 여기에서 너를 기다릴 거야
나는 약속시간을 정말 잘 지키거든
어제 아침에 만난 새는
봄 나뭇잎이 날 때부터 기다렸어
눈 내린 언덕 위에 교회가 세워지고
교회 앞으로 세발자전거를 탄 아이가 지나고
너는 좋은 사람 만나 시집가고
잎사귀들이 모여 해를 가리는 동안
꽃은 뱀이 되고
우물이 있던 자리는 유리창이 되었어
그래도 나는 여기에서 너를 기다릴 거야
새해를 맞이하러 일출봉에 갔을 때도
생일이라며 친구들 모여
기타 치며 노래할 때도
집 앞에서 남자친구랑
헤어지기 아쉽다며 끌어안을 때도
나는 여기에서 너를 기다렸어
나의 약속시간은

네가 내 어깨 위에 올라

먼바다를 바라봤을 때부터 시작해서

집채만 한 파도가 우리를 덮칠 때까지야

한림수직

어머니가 혼수로 가져와
섬의 반이 한림이네
함박눈 쌓여
하얀 스웨터 입은 겨울밤이
어린 양에게 들려주는
이야기가 한 벌이네
아일랜드 수녀님하고
성당에 내린 눈을 쓰는데
제주도에는
눈이 안 오는 줄 알았다며
스웨터 주머니에선
알사탕이 나와 나폴나폴
그 무늬의 지도 따라가면
성당 강아지도 따라와
신부님 닮은 눈사람도 만들었다며
무덤 위에 내리는 눈은
담요를 덮은 것도 같은데
삼동처럼 까만 눈동자에

떨어지는 결정

하늬바람 불어오면 손이 곱아지고

눈은 벵듸에서 온다고

차가운 것들은 다

그곳에서 온다고

겨울밤 이야기

산질에서 머뭇거리고

갈마도서관

갈마도서관 근처에서 일 년 정도 산 적 있다
갈 만한 곳이 갈마도서관뿐이었다
시를 쓰겠다고 도서관 열람실에 앉아 골몰하고 있으면
창밖에서 산새 소리가 들리곤 했다

고시원에서 언덕 위에 있는 갈마도서관까지
가는 길은 곡선이었다
깃털이 부드러운 바람이 날아왔다
하늘은 알 같은 구름을 낳고 푸르렀고
나는 도서관 계단에 들어설 때 날개를 접었다

새는 보이지 않고 새 울음소리만 들렸다
가끔 시를 쓰지 않은 날도 있었다
성대를 갖지 못한 새들은
도서관 열람실에서 둥근 부리를 주억거렸다

새들이 살던 숲에 지은 도서관이라서
그럴 거야, 커피 자판기가 내게 말했다

하얀 깃털이 쌓이는 계절에 닿자
서둘러 남쪽으로 내려왔다

우리들의 수학여행

하루
헤어롤처럼 넘실거리는 파도
용두암에서 손가락으로
브이 자를 그리고
찰칵 사진을 찍고

이틀
한림공원에서 좋아하는 남학생에게
고백하는 쪽지를 건네고
볼이 빨개지고
버스에서 남학생이 그
여학생에게 껌을 건네고

사흘
바위가 미끄러워 넘어질 뻔한 친굴
잡아주려다 그만
발을 헛짚어 넘어져 아픈 엉덩이
폭포 같은 눈물 흘릴 것 같은

정방폭포

나흘
축축한 너의 이름에
손을 내밀어 붙잡고
함께 오르는 성산일출봉
유채꽃 만발한
바다

옛날 옛적 머쿠슬낭

옛날 옛적 머쿠슬낭 아래에서 잠들었다
구릉 위 머쿠슬낭 따뜻하니 무서웠다
일본에서 일하다 반송장으로 귀국한 육촌 당숙은
벽에 직산한 채 돌아가셨다는데
그 나무는 꽤 먼 곳에서도 보여
물결 위 그림자처럼 흔들렸다
가까이 가면 먼 친척 같아서
서먹거리며 지나다가도
조무래기 나의 수령을 얕잡아본
희영희영 하르바님
스산한 바람소리를 내기도 했다
그 나무 열매로 염주도 만들었다는데
나무의 고향은 인도 히말라야 어느 산속이라지
근처는 숲과 무덤이 섞이어 자라는 곳이라서
우리에겐 놀기 좋은 시간이었다
그곳에서 여우, 토끼, 호랑이 등을 불러모았다
나는 주로 환자가 되었는데
동무들은 나를 죽였다가

살렸다가 죽였다가 살렸다

그러니 그곳은

우리가 만든 서천꽃밭이었다

마을 삼춘들은 영험한 말들을 곧잘 했고

우리는 그들의 바람대로 자라거나

수틀리면 도망쳤다

우리가 주워온 돌 중에는

사람 모양을 닮은 것도 있어서

햇빛 잘 드는 곳에 미륵불인 양 좌정했다

내창에서 뱀을 잡은 후부터

몸에 허물이 잘 생겼고,

할머니는 윤동지 영감당에 가서

치성을 드렸다 그해 영국 귀신이

내게 보낸 행운의 편지를 받았다

기세등등하게 흉흉한 이야기를 퍼트리다가

백 년도 되기 전에 맥을 못 추었지만

소중한 사람 꽤 많이 앗아갔다

산을 오르면 점점 바다와 가까워지는 섬

비바람이 치면 천방과 함께 지축을 찾아

지리부도 너머 사막을 건너

부루마불 무인도에서 낮잠을 잤다

가끔씩 머쿠슬낭이 하얀 꽃이불을 덮어주었다

제
3부

새를 세는 사람과

산새는
산스크리트어로 운다

해마다 새의 개체수를 조사하는
사람을 따라 갔다가 언 발을 녹이러 들어간 찻집

산 넘기 전, 오라동
산딸나무 있던 자리에
새들처럼 나란히 앉았다

날아갈 수 있는 곳까지는
새의 울음이 바람에 날아갈 수 있는 곳까지

탑 하나만으로도 새벽 사원을 이루었던 곳
우리는 숲, 이라고 발음하는
시냇물의 깃털을 주우러 왔다

향을 만드는 사람이 이 숲에 살았다
찻집에 앉아 날아가는 새 본다

산에서 내려온 사람들이
감자를 먹는다
따뜻한 추위를 걸친 사람들이다

언치냑에도 생이덜 이듸
하영 앚앗당 날아가수다
찻집 주인의 전언을 눈 내리는 소리처럼 듣는다

커피 몇 모금 마시고
날아가야지

바닷가에서 모닥불을 피우고 놀다
잠든 사람들처럼

밤은 남방제비나비
여전히 밤인데
날갯짓을 하는 시간인 거야
그 날개에서 노래가 나와
섬에 모래를 뿌려주네
그 모래를 모아 만든 노래는
다시 밤이 되는 거야

여름방학과
오래 사귀고 싶었으나
너는 너무 크고 넓어서
날 떠난 것 같아
난 널 붙잡았지만
바람의 나뭇잎을 잡은 거라
우리는 개학과 함께 헤어졌지

범섬 위에 다리를 올려놓고

촐락촐락

구름에 이끌려 간 사람들처럼

여기서 단잠을 자네

그 나물에 그 밥

오래된 노래 듣고
옛사람 그리워하고
걷던 길 다시 걷고
일요일엔 늦잠 자고
봤던 영화 또 보고
했던 말 또 하고
같은 실수를 반복하고
같은 잔소리 또 듣고
고사리, 시금치, 콩나물에
된밥을 먹고
시 같지 않은 시 또 쓰고
진라면 아니면 신라면
재방송 보면서 웃고 울고
작년에 입던 옷 다시 꺼내고
봤던 나무 다시 사진 찍어
나무 이름 궁금해하고
결국 알아내지 못하고
미용실에 가면

그냥 전체적으로 커트해 주세요

낯선 곳에 가더라도

나 여기 와 봤던 것 같아

애써 아는 척하고

그 노래나 이 노래나

비슷해서 듣기 좋아

그 나물에 그 밥

이 지경에서 숨 쉴 수 있어

이대로 주욱

오래된 노래 듣고

옛사람 그리워하고

안개비

구름을 솜이불로 여기며
구름까지 날아오르는 새가 있다
새는 구름 속에서 운다

좋은 건 늘 곁에 두고 싶어
그래서 너를 늘 내 곁에 두는 거야
좋아서 가까이 있는 것들은
소중하다는 걸 잊곤 하지
그래서 나는 외로운가 봐

별과 달과 바다를 먼발치에 두고
새는 구름을 덮고 잔다
솜이불처럼 따뜻한 사랑
그 사랑의 이름으로 새가 운다

구름을 타고 언덕 너머까지 날아갈까
누군가 띄운 종이배를 따라갈까

새의 날개를 쓰다듬는 구름
가끔 구름이 비로 떨어지며 운다

네가 훌쩍 떠나버릴까 봐
너의 날갯죽지로 스며들었으니
함께 날아가자
우리 사랑한다고 말할 수 있을 때

에메랄드 그린

비파가 노랗게 익으면
나의 노래도 감로처럼 달겠지요

먹기 좋게 익은 비파도 노래를 불러요
빗방울 머금고 말랑말랑한 노래를

다육과가 익는 게 내 탓은 아니잖아요
5월 하늘은 좀 푸르나요

점심시간에 상추에 밥 한 숟갈과 된장을 넣고
입 크게 벌려 배부르게 먹었어요

자전거를 타고 저수지를 빙 돌아 달리다
아무렇게나 눕혀 놓고 잠들고 싶어요

잠에서 깨면
눈앞에 있는 노루 한 마리
낯선 눈빛으로 나를 바라볼까요

아침 시장에서 산 비파를 그릇에 놓고
수돗물을 틀어요
콸콸콸 시원하게 물이 쏟아지네요
한참을 바라보는 5월 수위

사람들의 노래가 들려요
너무 잘 익어 무른

유자일기

찻잔에 가라앉은 밤
음악을 부으면 푸른 시간 사이로
빨래집게가 보인다

찻잔은 음악을 믿고,
음악은 빨래집게를 믿고,
빨래집게는 나를 믿는다
나는 그 빨래집게에 걸린 것들을 사랑했다

유자나무가 손을 뻗어 구름을 만진다
유자나무는 구름을 믿고,
그치지 않는 밤의 파장은
용담서점이 있는 동네였다

서점은 20세기처럼 문을 닫았고,
쓴다는 건 흩뿌린 음악이었고,
파정한 글자를 채운 노트는 두꺼웠다

얼마 남지 않은 잉크는
12월 종려나무처럼 쓸쓸해서
노트 마지막 장엔 시 한 편 옮겨 적었다
필사의 밤이 있어서 오늘 밤에도
달콤한 눈송이를 입에 문 새들이 있다

격정은 짧고, 음악은 멈추지 않고,
밤은 찻잔에 가라앉아 있고,
나는 유자차를 마신다

나는 유자차를 믿고, 유자차는 찻잔을 믿고,
찻잔은 밤을 믿는다

남해

남해에는 지친 새들이 잠들어 있다
파도가 새의 깃털이라고
구전으로 전해왔다
삼등객실에는 삐걱거리는 냄새가 짙었다
갑판 위에서 만난 가수는 여전히 입을 다물었지만
따뜻한 귀를 선창에 두면 그의 노래가
푸른 물빛으로 스며들었다
해구의 깊이를 아는 사람들
가끔 파랑주의보로 울렁거린다
목포에 가면 젊은 아버지가 하역 일을 하던
부근 식당에서 아버지처럼 국밥을 먹을 것이다
바다를 건너기 위해
체득한 보호색이 잘 떨어지지 않는다
이 정도의 멀미도 없이 어떻게
남해를 건널 수 있는가
바다에 수장된 음악이
손가락을 뻗어 안간힘을 다했을 흔적이
무엇이든 되어 우리에게 다가온다

가끔은 축축한 편지봉투가 뜯겨진 채 반송되어
왔으나 소인이 찍혀 젖은 표정을 짓는 바다
남해에는 잠든 새들이 눈을 뜬다

온주

내가 귤 두 개로 저글링을 하니까
아내는 귤 세 개로 묘기를 부린다

이 섬에서는 오래전부터
귤 저글링을 전수해온 것이다

눈 내리는 밤
아랫목에 둘러앉으면
엄마는 서커스 단원 같았다

공중으로 던진 귤 중에 몇 개는
다시 손으로 떨어지지 않았는데

칠머리당 근처 풀밭에서 놀다 보면
봄바람이 불어와
우리의 몸을 안아주었는데

귤꽃 핀 밤엔
하얀 새가 울었다

숙대낭을 흔드는 이야기가
돌담처럼 쌓여 물결을 만들었는데

눈 내린 아침에는
강생이처럼 벵듸로 나갔다
살아 있는 것들이 주왁거리면
나뭇잎에 쌓였던 눈이
한 번 더 내려주었다

산책자

물가에서 머뭇거리는 날들 같은 나날을 지나
모처럼 걸매생태공원에 갔네
그곳에서 비파나무 한 그루와 마주쳤네
비파나무는 기다리는 사람처럼 그곳에 서서
왜 이렇게 늦었느냐며 내 어깨를 툭 치는 나뭇가지
걷다가 비파나무 앞에 서면 발걸음을 멈추게 되는데
그날도 그런 날이었네

고향집 마당에 있던 비파나무는
할아버지가 심었다는데
가래가 많을 땐 비파가 좋다는데
할아버지는 병상에서 비파를 입에 넣지 못했네
팔색조가 나뭇가지에 앉았다가
물에 젖은 하늘로 날아오르네

걸매생태공원에 가면 나를 어딘가로 데려가
낭떠러지 아래 서 있게 만드는 이는 누굴까
공원을 걸으면 나를 안내하는 것은

나무, 돌멩이, 풀
새 같은 발자국을 선명하게 찍고
공원 여행을 하는 것

계절마다 날씨는 공원의 모습으로 바뀌어 내게

어떤 날엔 막내 외삼촌이 동백나무 그늘에 앉아 있고
계절도 이렇게 여행을 하는데
가을겨울 지나고 다음 봄이 오면
매화나무 앞에서 발걸음을 또 멈출 테고

산남 사람들

경치 좋고 따뜻한 곳이라며 우쭐댈 수도 있지만
한 걸음 뒤로 물러서 있다
굳이 설명하지 않아도 아는 사람들은 다 안다며
의자에 앉아 말없이 바다를 보는 사람
한 번도 싸우는 것을 본 적 없지만,
팔짱 낀 자세를 보면 결코 만만해 보이지 않는다
동사무소에서 주민등록 등본을 떼면서
문득 떠오르는 사람 같은 사람
단발머리에 맑은 눈동자의 서귀포와 닮은
그 사람, 날 알아보지 못한다 한들
곁에 있어도, 내가 그곳에 살아도
저만치 멀리 있는 마음으로 숲길을 내는
달과 바람과 꿈의 계단 무심하게 오르며
누그러지는 물길을 다독이는 사람
돌담 아래 수선화 같은 사람
서귀포 시외버스 터미널에서
누군가를 오랫동안 기다리는 햇빛 같은 사람
빗방울로 악보를 그릴 줄 알아서 비 내리는 날엔

음악이 빗물과 함께 흐르는 산남
같은 사람과 함께 걷는
호사를 누리며 솜반천 물처럼 살랑거리는
사람 같은 서귀포
같은 사람 같은

느림보 여행사

세상에 이별하기 좋은 곳이 어디 있을까마는
산의 남쪽에서는 이별을 해도 좀 덜 서글퍼
비가 내려도 따뜻한 서귀포

보일러 기름은 반 드럼만 넣어도 괜찮아
겨울이 따뜻해서 새들도 한달살기를 하는 곳이야
회전교차로에서는 차들이 물고기들처럼 빙빙 돌지

서귀포의료원 장례식장에서 국수를 먹고
유족을 딱하게 바라보다가
먼나무 아래 벤치에 앉아 바라본 한라산 너무 푸르고

서귀포에서는 사람도 천천히, 차도 천천히
이별도 천천히 더디 가라고
느림보 여행을 즐기는 사람들이 많아

눈물 덜 흘리고 남은 눈물
서귀포 저녁 불빛 속에 흘려보내면
물빛 반짝이는 이곳은 이별 관광특구

제주서림

토요일 오후 제주서림 앞에서 만나기로 약속했다
소나기가 내리거나 함박눈이 내리기도 했다
지나간 사람 중 몇은 몇 년 뒤에 서점 앞을 지나갔고
또 몇은 더는 서점 앞을 지나가지 않는다
버스 노선이 바뀐 걸 모른 채 탄 것처럼 나는 살아왔다
약속을 잊어버린 채 제주서림 앞에 서 있는 사람도 있고
약속한 사람이 오지 않아 돌이 되어버린 시간도 있다
현대약국 앞에서 남쪽으로 난 언덕길을 올라
로터리에 닿기 전에 왼쪽으로 난 골목이 있어
골목 초입에 수직동굴의 입 같은 지하 입구가 보일 거야
그 앞에서 만나자고 했다
그 앞에서 만나겠다고 했다 먼저 온 사람은
기다리는 동안 서점에 들어가 책 한 권 속에서
무슨 예언 같은 문장을 발견하기도 했다
토요일 오후 제주서림 앞에서 만나기로 약속했다
약속 시간이 십 년 넘게 지났는데 바람이 불지 않는다
자동차 경적소리도 들리지 않는다
빛나는 문장 같은 제주서림이 지나간다

시집 보고 있었구나 나도 그 시집 읽었어

어깨를 툭 치듯 지나가버린 제주서림

이 문장 근사하다 한 문장 읽는 것이 한 계절이다

첫눈 내리는 날의 제주서림이 고개를 숙인 채 지나간다

제주서림이 뒤돌아본다 해도 이젠

나와 아무 상관없지

근하신년

너와 나는 여름나라로 갈 거야
그곳은 눈을 상상하는 것만으로도 차가운 나라
키 큰 망고에 흩날리는 함박눈
우리 그곳에서 새로운 망명정부를 세우자
우리는 멸망한 왕조의 검푸른 이끼처럼 살아왔잖아
그러니 이제 생일 대신 축하할 날을 찾자
토끼의 해에 태어났든 고양이의 해에 태어났든
염소의 해에 태어났든 양의 해에 태어났든
우리는 저 바다를 함께 건널 거야
일 년 동안의 항해로 쓸쓸해지는 배는 괜찮아
유빙이 적도까지 떠내려와 우리를 당황하게 하지만
아버지처럼 담담해질 필요도 있어
나와 너는 여름나라로 갈 거야
겨울에도 어깨를 드러낸 블라우스를 입고
바람 알갱이들이 씹히는 샌들을 신을 거야
그곳은 눈이 소나기처럼 내리는 나라
영사관 직원은 물소의 눈을 가진 사람
여권을 잃어버렸다면 우체국에 가서

새 지도를 받아 자전거를 타고 국경에 가자

기타 소리는 활엽수로 자라지

파도처럼 밀려오지

이 물결은 12월 26일을 닮았어

네게는 아직 번역되지 않은 문장이 있어

기린은 겨울나라에서 왔어

도서관 유리창 성에가 얼어붙은 눈물이겠지만

북 치는 소녀와 함께 가자

눈물이 녹아 수원을 만드는

그곳은 여름으로 가득

이곳은 따뜻한 바다로 가는

서늘한 경적을 모아둔 곳

오늘부터 해를 삼킬 수 있네

세상 모든 오르막길을 오른다 해도

오늘부터 해를 호주머니에 넣고 만지작거리다

네가 버스 차창 밖을 보다가 고개를 내게 돌릴 때

너에게 이 살얼음 낀 해를 내밀게

이 영하의 단풍 같은 해를

나에게 내밀어 주겠니

어제의 이름들

낯익어서 슬픈 이름이 있다
오래된 노래는 낯익어서 눈물 난다

그때 그 사진을 오늘
이 거리에서 본다
많이 변한 것 같은데
여전히 마른 목소리

낯익어서 슬픈 눈빛이 있다
오래된 마음은 늙지도 않는다

그때 그 하늘을 오늘
이 거리에서 본다
많이 변한 것 같은데
여전히 마른 구름들

낯익어서 슬픈 이름이 있다
비행기를 타면 너에게

몇 시간 만에 갈 수 있는데
도착하면 그 이름
부를 수 없을까 봐
여기서 부른다
내일의 이름을

금능

선풍기를 켜 놓고 잠들면
여름 귀신이 잡아간다는 말을 듣고
나는 눈을 부릅떴다
아침 깅이가 기어올 때까지

낡은 카펫을 토끼털 삼아
우리는 호랑이새끼처럼 뒹굴며
선인장에서 꽃이 날 때까지
창문에 묻은 새소리에 귀기울였다

파도가 서랍까지 들어오면
매미가 지쳐 울음을 그칠 때까지
골목길 끝 바다를 향해
귀찬이 삼촌 따라 달렸다

여름방학이 끝날 때까지
자전거를 타고 달리면
언제나 바다에 도착했다
해에게서 나는 물결 소리를 들으며

과수원

징용 갔다 폐병 앓다가 숨 거둔
작은할아버지 산소 있던 내창밭은
귤이 참 달다고 동네에 소문이 났었다
봄에 전정하는 날 나뭇가지를 끌고
내창 쪽으로 던지면 봄빛이 수북했다
앵두나무 한 그루 창고 옆에서
흰바람 불면 가늘게 떨었다
어른 주먹만 한 귤이 겨울 햇빛에
금빛으로 익어갔는데
아버지 지입한 택시
사고가 나서 넘어갔다

키 큰 숙대낭에서 흩날린 꽃가루가
물웅덩이 수면에 가득하던 물통밭은
오래전에 근처에 큰 절이 있었다고 들었는데
작은형 보증 잘못 선
닭공장 때문에 넘어갔고

서귀포 또는 고양이

서귀포는 고양이 이름
하얀 고양이도 푸른 고양이도 서귀포
낮달맞이꽃 밟지 않으려고
돌담 위를 걷는 고양이
헤드셋을 쓰고 자전거 타고
자구리 바닷가를 달리는 고양이
고양이가 액자를 건드려
비스듬히 걸린 모습이 더 어울리듯
리조트 창가에 앉아 낮잠 자는 서귀포
나풀거리는 치마를 입은 서귀포
고양이가 살기 좋은 도시가
살기 좋은 도시라고 하지
냇물아, 고양이처럼 달리자
고양이야, 냇물처럼 달리자
내 마음에 폴짝 뛰어들어온 서귀포
언제나 부드럽고 따뜻한 고양이
두 다리를 주욱 뻗어 기지개를 켜는 서귀포

갑자기 마주쳐도 낯익게 시선을 마주치는 고양이

섶섬지기 찻집에서 시집 읽는 서귀포

하얀 서귀포도 푸른 서귀포도 고양이

햇빛에 반짝이는 서귀포 꼬리

본가입납

서귀포에게 쓰는 편지는
내가 받아볼 편지

너는 바닷가 방파제 위에 있다
거린사슴전망대 망원경 속에 있다
졸업 답사처럼 서 있다
어제는 버스 정류장 벤치에 앉아 있더니
오늘은 보목포구에서
백록담 봄눈처럼 반짝인다
거리에는 네가 너무 많아서
걷다가 멈춰 서성거리는 추억 같지

아까부터 그랬으면서
넌 구름으로 흐르기도 하고

고망새 뜯어 지붕을 엮듯
잘도 다정하게 요망진 너
세 번째 서랍 속 항공봉투 같아

인칙에 와서 기다리는 사람처럼

서귀포는

내 마음에 정박한 배

파도 소리는 모두 네가

나에게 거는 전화벨 소리

나는 너의 전화를 차마 받지 못하고

너는 내가 없는 방에서

쌀을 씻고 유리창을 닦는다

나는 뒤돌아 다시 나에게 돌아갈 수밖에 없는

지도를 그리며 살아

소년

아무것도 할 수 없을 때
한 줄의 문장도 쓸 수 없을 때
왜 그 눈동자가 생각나는 걸까
푸른 눈의 소년은 한 해가 지나고
또 다른 도시로 이사를 갔다 몇 마디
나눠본 적 없는 녀석이 내게 편지를
주고 떠났다 그 편지에서 침엽수
냄새가 났다 숲에 가서 삼나무를 보면
그 친구의 가늘고 긴 손가락이 또 떠오른다
추억이라면 추억일 텐데
아득한 계곡처럼 기억이 깊고 희미하다
종일 저녁을 기다렸다 저녁이 되면
푸른 눈동자의 소년을 잊을 수 있을 거라
여겼기 때문이다 저녁은 나를 아주 먼
나라로 데려가곤 하므로 나는 저녁에
아주 오래 머물 것이다 어느날 갑자기
그 소년이 나를 찾아와 내 손을 덥석
잡더라도 나는 그 소년을 알아보지

못할 것이므로 대신 음악을 듣거나
술을 마시거나 영화를 보며 가능성을
최대한 줄인다 네가 날 알아볼 수 없게
설령 네가 날 알아본다고 해도
바람의 얘기를 함께 나눌 수 있게

지상의 우편함

걱정 말라는 말은 걱정될 때 하게 된다
주소는 사라졌는데 녹슨 우편함이 아직
남아 뒤늦게 오는 소식들을 거념한다
본적 주소를 통장 비밀번호로 쓰듯
주소는 비밀스럽게 기억하는 것
살아 있는 동안 어떤 소식은
나뭇가지에 걸려 흔들리고,
또 어떤 소식은 끝내 받아보지 못하지
그런 소식들만 모아도 이 우편함이야말로
늙은 가수의 그레이티스트 히트 앨범이야
마음을 흔들고 가는 동무구름이
하얀 편지봉투 같은데
주소는 가끔 물에 번져 눈물 범벅이었고,
마음 잡고 살다 보면 찬장에 함박눈이 쌓였다
시린 발로 따라오는 추신
같은 잔향을 음미하며 악보를 써내려갈 뿐
새집으로 쓰면 좋겠다는 얄팍한 술책도 부려본다
주민센터에 가서 주민등록 등본을 때면

주소는 든든하면서도 졸린 곳이지
밤의 우체부가 있어서 보내는 사람이
불분명한 소식이 도착한다고 여기는
휘파람을 불러보는 집
내가 이 우편함으로 받은 마지막 편지는
그늘 같은 편지지에 꽤 또박또박 쓴 글씨가
서정이 만만한 나를 유인했다
이 집이 매스컴을 탄다면
심야 라디오 사연 정도일 거라고
그것도 아주 드문 일일 거라고
그렇게 무슨 의도인지 모를 말을 하고
덧붙이는 말도 없이 끝났다
붙잡은 손만 덩그러니 남은 것 같은

제

4부

갈마동

이 동네에서 가게들이
아예 문을 닫는 방식은 고요하다
어느 날 보부상인 듯 다른 곳으로 가버린다

흑마의 갈기가 동네의 반을 덮었다
가을에서 겨울로
털갈이를 하는 갈마동

시르죽은 그늘이 주차장 너머로
터덜터덜 걸어가 목을 주억거린다

여기 이쯤에 여관 하나 있었다
소년범처럼 차가운 눈동자를 갖고 있는
탈영병이 한 계절 동안 머물러 있었다

오르막길을 오를 때 숨이 차지 않으면
거리가 편의점처럼 다정해졌다

사진관이 목마른 말을 타고
떠난 자리에
터덜터덜 목마른 말을 타고
온 눈사람

기러기의 노래

달빛의 기찻길
차가운 마음의
하룻밤 지나고
마지막 겨울비
가엾은 빗방울
내 눈을 적시네

가을에 사둔
화분은 겨울을
견디지 못하고
고개를 숙인
너에게 한 번도
말 걸지 못했네

찬바람 발자국
허공에 새기는
마음이여
봄이 오면

난 더 슬퍼서
여길 떠나네

하늘엔 길이 없어라
너에게 가는 길은 어디에
가다 보면 다시
만날 수 있겠지
너에게 가는 이 길이
떠나온 이 길이기에
돌아가야 할 곳이
너라면

북제주군

조천부터 별이 뜬다
비로소 저녁 하늘이 따뜻하다

여기서부터는 눈을 뜨자

떠나온 도시에겐 미안하지만
우리 그동안 너무 많이 칭얼댔으니

불빛들이 범람하는 거리에 둥둥 떠다니는 자동차들
엄마는 이제 오지 않아 플라스틱 무덤들 파헤치며
섬들의 지도를 그렸다

여기서부터 달빛을 맞는다
이게 말로만 듣던 달빛의 길이구나
부드러운 물감을 아스팔트 줄기 따라 흘려보내고

여기서부터는
나뭇잎이 별빛의 손수건이다
저녁 자전거 꽁무니에 반짝이는
반딧불이

로망스

아라요양병원에 누워 있는 아버지
밤마다 침대가 하늘을 날아
시외버스 터미널 근처 댄스홀로 간다
공무원 하다가 정년퇴직한
사라봉 여자친구가
아버지 누워 있는 침대 주위를
빙빙 돌며 춤춘다

어느새 아버지 침대에서 일어나
터미널 현사장 날렸던 이름값을 한다
차차차 지르박 푸른 양복 휘날리면
사라봉 여자친구 손을 내밀고
아버지 살포시 손을 잡고
한 손은 사라봉 여인 허리를 감싸고

빙빙 도는 아라요양병원
섬망의 밤
별빛 기타가 문병을 와
이불을 덮어주는 밤

꿈속의 꿈

구름 속의 구름
눈물 속의 눈물
유리창 속의 유리창

물속 몸속 귓속 꿈속 등은 붙여 쓴다
굳어져서 그렇다고

가장 먼저 옥상 위에 올랐다 동네가 한눈에 내려다보
였다 유리창을 열고 집에 들어갔다 냉장고를 열어보
니 전생이 묻은 구름이 가득 들어있다 벽에는 오랫동
안 머리를 기댄 음지가 있다 자국이 꿈결 같다 낯익은
노래가 들려 돌아보면 머나먼 섬들의 지도가 펼쳐진다

수복강녕

할아버지는 졸갱이라 불렀고
아버지는 으름이라 불렀고
나는 산바나나라 불렀다

부루기 밭에 가는 길
수풀을 헤치고 아버지가 따오신
그 하얀 열매
그걸 먹으면 아주 오래 살 것 같았다

염소처럼 삼동밭에서 뒹굴다
산바나나 생각나서 깊은 숲까지 들어가도
그 열매는 잘 안 보였다

졸갱이 씨앗을 먹으면 암이 낫는다는 건
할아버지가 돌아가신 후에 들었다

아버지가 병중인데
졸갱이 씨앗을 오래 복용하면

몸이 가벼워지고
어떤 병에도 걸리지 않는다는데

할아버지가 쓰던 베개에는
수복 글자가 씨앗처럼 박혀 있었다

후일을 도모한다는 말

나뭇잎을 주워 책갈피로 넣어두고 잊어버린 적이 한 두 번이 아니다 어제 지방색에 대해서 생각하다 그 생각을 서랍 속에 집어넣었다 지명에 얽매이지 않겠다는 사람 얘기를 들으며 나는 비파나무 나뭇가지가 흔들리는 모습을 떠올렸다

서랍 속에는 바닷바람이 가득하다 다시는 그 페이지를 못 펼친다고 안타까워할 필요 없지 관광사진 엽서에 안부를 묻는 글을 쓰고 부치는 일은 사람 사는 세상에 대한 이야기

내가 있는 이곳의 기후는 이별하기 적당한 기후예요

이런 날에는 종려나무를 예찬해도 되겠지 그걸 동경해 이주해오는 사람들이 있는 걸 보면 여름날 난로를 사서 집으로 오는 길은 시원하다 사실 우리의 마음이 하로동선이다

동향이라 반가웠지만 아주 어렸을 때 서울로 이사를
했다고 그래도 우리 후일을 도모할 수 있을까 신발 끈
을 다시 묶는 것처럼 다시 시작할 수 있을까

후일을 도모한다는 말은 탐구생활에 붙인 나비 그림
이다 서랍을 열면 나비들이 화르르 날아오른다 세상
의 모든 꽃들은 후일을 도모하지

워킹홀리데이

너는 창고에서 상자를 높이 쌓는다 상자 속에 무엇이 들어있는지 모른다 상자는 무게와 크기가 제각각이 다 상자에는 모르는 언어가 인쇄되어 있다 너는 그 언어가 궁금하지 않다 상자를 쌓는 곳에는 천장 가까이 창문이 있다 그 창문으로 햇빛이 들어오고, 가끔 아일 랜드 민요가 들려온다 너는 상자 위에 올라 상자를 쌓고, 또 그 상자 위에 올라 상자를 쌓다가 창문 가까이 까지 갔을 때 고향에 대한 노래를 흥얼거리며 유리창을 올려다본다 다음 날 출근하면 창고에는 상자가 하나도 없다 너는 다시 상자를 쌓기 시작한다 어느 날 상자에 인쇄된 언어가 낯익어 가만히 들여다본 적 있다 그것은 달빛처럼 살랑거리던 은어 같았다 글자들이 꼬리를 치며 헤엄치고 있는 것 같았다 점심시간에는 야자수 그늘에서 딱딱한 빵을 먹는다 가까운 곳에 바다가 있어서 주말이면 자전거를 타고 바닷가까지 가서 돌멩이를 던지고 온다 네가 살고 있는 도시를 연고지로 한 축구팀 경기가 있는 날이면 너도 맥주를 마시며 홈그라운드 축구팀을 응원한다 상자를 쌓듯 하

루가 쌓인다 너는 쉬는 시간에 가끔 수첩을 꺼낸 모국
어로 편지를 쓴다 먼 나라에 살고 있는 너에게

아무도 낫지 않는다는 것을 알고

한 사람이 병나고
또 한 사람이 병수발을 든다

골골대는 저녁 파도 소리에
샛별이 뜬다

오늘의 처방전은
수평선을 바라보는 일

휴양지에서 요양하는 사람들은
여행객과 구별하기 쉽지 않다
어깨에 힘을 빼고
숨 들이마시고

바닷게가 문병객처럼
왔다가 간다

아무도 낫지
않는다는 것을 알고

우리는 눈동자가
약병 뚜껑을 닮아간다
빙그르르 돌다 툭 열린다

그곳에 스며드는 글자가 있었다
햇살이었다

병수발을 들었던 사람이
병나고

수평선 너머로 갔던
배가 돌아온다

언어의 별

뇌경색으로 쓰러진 아버지
목관에서 가래 끓는 소리가 난다
그 소리에도 감정이 있어서
언어가 되는 걸까

벌써 매화가 폈구나
아버지가 또렷한 눈동자로 말한다

옛날 무덤 관에서
손톱자국이 발견될 때가 있다고 한다

적막을 긁는,
가르랑거리는 밤별들

6월호

책을 돌돌 말아
6월은 잘 돌돌 말리지
옆구리에 끼고
버스를 타고 가다
바닷가 근처
정류장에 정차하면
나뭇잎을 삼킨 물새가
내 눈동자에
발자국을 남기겠네
발자국은 오래가지 않아
보고 싶은 마음이 되고
내가 구를 수 있다면
6월 주월 빙빙 돌 거야
버스는 아직도 도착하지 못해
사람들은 차창에
맹독의 입김을 불어넣지
다시 펴려고 해도
도통 펴지지 않는
덩굴손들처럼

연북정

끝내 편지는 전하지 못했지만
새는 타임캡슐에 묻어 두었어
우리는 바닷가에서 저무는 이별을
모래성처럼 쌓고 있었지
사랑은 바닷가까지 가서 멈추는 것
옛 친구의 전화도 받지 않고
너의 수면만 살피다 녹슬었네
파도에 휩쓸려가는 이름처럼
시간은 슬그머니 사라져
나는 모래성 앞에
우편함을 걸어놓을 거야
그 속에 하얀 새가 가득할 수 있다면

도굴

밤에 흐르는 길은 지하 수로입니다
목마른 땅이라서 흐릅니다
사막의 눈동자가 땅속에서 끔벅입니다
모래바람 부는 광대뼈에서는
늙은 두더지가 땅을 팝니다
길은 흐느끼며 흐릅니다
달 없이 바람 부는
그 길을 묵과해 준다면
메마른 늪에 빠져도 좋을 밤입니다
귀뚜라미가 울음으로 카나트를 팝니다
비 내리는 날엔 숨어있기 편합니다
멀쩡한 사람도 비에 젖어
도굴범으로 수배를 받습니다
발자국이 남지 않게
밤물결 흐를 때를 기다립니다
사랑하는 사람들은 모두
무덤 속에 누워있습니다
눈을 감으면 설계도가 펼쳐집니다

수로의 마음

화순 수로 따라 흘러가네 물길이 바뀌면서 아이가 생겼네 이끼의 마음과 같다고 몇 년 전 구름이 흘러가네 저녁에 밥을 짓기 위해 이 숲을 지나 흐를 것이네 그 물의 마음이 연기를 피우네 이 물길 따라 흐르는 게 어디 한둘인가 사랑은 푹 젖은 채 물기가 마르지 않네 물길을 내는 건 숲의 밤길을 내는 것 서걱거리는 사람들에게 저녁이 흘러가네 저녁밥을 짓는 사람에겐 수로를 내듯 밤길을 낼 것이네 어젯밤 비바람이 흘러가네 화순 수로 고운 이불을 펼치네 물에도 이름이 붙는데 처음 호명된 물이 다시 흘러도 그 이름이네 그 투명한 마음으로 물 한 사발 들이킬 것이네 훗날이 여기에 있어 녹아 흐르는 그릇들 오늘밤에 다 닦을 지경이네 우듬지 젖은 나무들이 달로 흐르는 밤이 오면

나의 작은 여동생

모과나무 아래 세워진
자전거를 보고 네가 떠올랐다
자전거를 탔던 사람은 보이지 않고
자전거 혼자 모과나무 향을 맡고 있더구나
눈물도 냄새가 나는지 시큼한 향이더라
돌아오지 못하는 사람은 황급히 떠났을까
여러 번 뒤돌아보며 무거운 걸음을 옮겼을까
눈을 감으면 네가 자전거를 타고 온다
서른여덟 살 엄마가 자전거를 타고 온다
크리스마스 카드처럼 온다
내가 이젠 엄마보다 나이가 더 들었다
엄마가 내게 오빠, 하고 부르겠다
이젠 엄마가 내 여동생이다
나의 하나뿐인 여동생
나의 작은 엄마
첫눈 오기 전에 답장을 써야겠다
서늘한 노래를 불러야겠다
노래는 자전거를 타고 아주 멀리 갈 것이다
모과나무가 노란 불을 켰다

히든트랙

유족 서류를 준비하고 농협에 갔다
병원비본인부담액상한제에 의해
아버지 통장에 환급된 돈을 찾았다
그 돈은 아버지 바지에서 꺼낸 마지막 돈

카세트 테이프 사려고 거짓갈로
문제집 살 거라고 아버지에게 말하면
아버지는 공장에 걸린 바지에서 천 원짜리 몇 장 꺼냈다
그 돈으로 산 음악을 들으며 노랫말도 옮겨 적었는데

이제 늘어진 테이프는 그때 그 계절이 아니고
농협 대출이 반이었던 그 집도 이제 없고
아버지는 뭐 그리 갈 데가 많은지 꿈에 뵈지도 않고
그때 그 노래 산 넘어가는 버스에서 흘러나오는데

숲

수풀 우거진 눈썹 속을 걷는다
기침을 두어 번 했는데 봄이 지나갔다

눈두덩 위를 기어가는 바람
슬픔은 다족류일까

눈썹 부위가 가려운 건
누군가 솔솔 기어가는 길이라서

바람이라도 불면
가만히 멈춰 죽은 척하지

증명사진

너는 잘 웃지도 않는데
사진 찍을 땐 더 안 웃더라
찾아낸 증명사진 속 나
마치 내 동생을 보는 것 같아
재작년쯤이라 생각했던
그 사진이 벌써 6년 전이네
그때 왜 사진을 찍었을까
기억나지 않는 건 떨어졌기 때문이겠지

너는 기억하고 있겠지
우리 자전거 타고 등대가 있는
방파제까지 갔던,
젖은 바닷바람이
자전거 페달을 돌리던 그날

살며시 입술을 다물고
선한 표정을 지어 보려 했지
세상의 일들이 모두 다

증명사진처럼 분명하다면 말야

떨리는 마음으로 우표를
붙이던 고백편지도 아닌데
넌 역시 비뚤어지지 않게 바르게
증명사진을 붙였겠지

그 기억이 내게 물결처럼
흔들리는 건 좋은 일일까
수줍게 흔들리는
나뭇가지가 우리를 증명해

비 오캔

비 오캔은 비가 오겠다는 말
내리캔이 아닌 오캔은
사람처럼 대하는 말
비 온댄보다 비 오캔은
의지가 들어간 말
누군가 비 오캔 말하면
정말 비가 올 것 같은 말
목마른 날 이어지다 들으면
빗방울 소리를 설레며
듣게 되는 말
그 말에 이미 빗방울이 맺힌 말
비 오캔은 비가 오겠다는 말
보고 싶은 사람이
올 것 같은 말

풀베개

이제 옛날 집은 없는데
그 집 주소로 가끔 편지가 와요
해마다 편지를 부치는 그 마음 모르지 않지만
주소 불명의 편지로 떠도는 구름들은
너무 따뜻해서 이래도 되나 싶어요
해마다 봄꽃은
낯익은 소인 찍힌 편지이고,
삐걱삐걱 비파나무가 있던 자리에
봄인데 눈이 내려요
엎드려 울 수 있으면
어디든 풀베개 아니겠어요
일곱 살 엄마가
우편함 속에 웅크리고 있어요
와야 한다면
편지봉투 속에 꾹꾹 담아주세요
무릎에 묻었다 얼굴 드는
민백미꽃을 오늘 받았어요

창작
노트

창작노트

1 ——— 신흥리 저류지에서 꿩 울음소리가 났다.

2 ——— 수요일 오전에 버스 정류장에 앉아 있을 수 있어
서 얼마나 다행인가. 게다가 제주도 버스 정류장 의자에는
열선도 있다. 효돈 버스 정류장 의자에 앉아 봄날 고양이처
럼 졸면서 510번 버스를 기다리고 있었다. 봄날이었다. 귤꽃
향기가 버스처럼 왔다. 이어폰을 꽂고 후추스의 노래 '감귤
농장'을 듣고 있었다.

3 ——— 꿈에 마을 산책을 하고 있었다. 어두운 길이 나
있었다. 가기가 조금 두려웠다. 망설이다 가보았다. 내리막
길을 걷는데 나무 옆에 그림자 같은 게 보였다. 귀신처럼 보
였다. 한참을 걸으니 작은 읍내가 나왔다. 하지만 풍경이 낯
설었다. 시내버스도 처음 보는 디자인이었다. 서둘러 집에
가야겠다는 생각이 엄습했다. 이리저리 헤매다 터미널을 찾

아가서 물었다. "제주로 가려면 몇 번 버슬 타야 하죠?" 그러자 매표원이 의아한 표정을 지었다. 그는 대답은 않고 다른 말을 했다. "안경을 벗어 보세요." 나는 순순히 안경을 벗었다. 그는 살짝 웃었다. "거짓말은 아닌 건 같네요." 그가 말했다. 나는 답답해 재차 물었다. 제주로 가려면 몇 번 버스를 타야 하느냐고. 그는 잠시 뜸을 들이더니 대답했다. "여긴 충북 영동이에요. 제주로 가는 버스는 없어요."

4 ———— 가까운 미래에 2월의 공기가 무척 그리울 것이다. 2월 공기는 겨울과 봄이 섞인 음악 같다. 2월에는 모든 계절이 다 있는 것 같다. 여름도 있어서 놀란다. 2월 같은 시를 쓸 수 있을까. 문창과 시절 교수는 모든 글의 제목이 '건(乾)'이라 생각하고 쓰라고 했다. 하지만 나는 이 음악 같은 감정 때문에 쉽게 젖어들곤 한다. 이것이 나의 가장 큰 문제이리라.

5 ———— 나는 기억력이 안 좋다. 한마디로 머리가 나쁘다. 몇 년 전 중요한 일들을 곧잘 잊어버린다. 그래서 사진을 찍는지도 모르겠다. 그런데 나는 이 감정을 기록하고 싶은 충동이 든다. 감정은 정보보다 더 쉽게 잊게 된다. 아내는 나의 기억력이 슬프다고 말했다. 훗날 우리의 추억들을 다 잊어버릴 거라고. 사진이든 글이든 마음을 저장하기 위한 자구

책이다. 하늘색 마음을 만나면 사진을 찍거나 글을 써야지. 머리 나쁜 슬픔. 시는 마음을 기억하기 위한 기록이다.

6 ─ ──── 밤이면 우동을 먹고 출출한 우울을 지우겠지.

7 ──── 가게 딸린 방이 맞을까, 방 딸린 가게가 맞을까. 어렸을 때 동네에 있던 상점은 가게 뒤로 방이 있는 구조였다. "예!" 하고 부르면 부스럭거리는 소리가 난 뒤 주인이 고개를 내밀었다. 그 방에서는 TV 소리도 나고, 이불도 얼핏 보였다. 가끔씩 방에서 밥을 먹으면서 가게를 보기도 한다. 그런 가게의 주인이 되고 싶었다. 종일 TV를 보거나 라디오를 들으며 때로는 졸다가 손님이 오면 잔돈을 거슬러주는 일. 가끔 볼일이 있어서 "근처에 다녀옵니다" 붙여 놓고 바람도 좀 쐬고.

8 ──── 며칠 가지 못할 공간에 딸기를 한 접시 두고 왔다. 공기와 낮과 밤과 음악이 딸기를 먹을 것이다.

9 ──── 수산의 저녁. 수산의 밤. 밤의 수산. 저녁의 수산. 라이프 앤 타임. 빛. 갈 때는 금악으로 내려갔다가 가고. 올 때는 평화로의 수면을 따라 집으로. 저수지 한 바퀴를 다 도는 동안 밤 속으로 많이 가라앉은 새. 우리의 서정은 오늘

도 포물선. 아침에 아이가 해를 보고 말했다. 아, 해가 진다. 축축한 카렌스.

10 ─────── '너의 목소리가 들려' 출판기념회에 갔었다. 제주장애인주간활동센터에서 뇌병변 장애인들이 낸 책이다. 조명 아래 정확하지는 않았지만 그들은 분명히 소리를 냈다. 참여 작가 중 한 명이 휠체어에 탄 채 불분명한 발음이지만 진지하게 말했다. "어렸을 때 병원에서 살았어요. 그때 나는 참 복 받았다는 생각을 했어요. 매일같이 가수들이 와서 노래를 해줬으니까요." 어둠 속에서 누군가 훌쩍이는 소리가 났다. 끝나고 밖으로 나가 보니 싸락눈이 조금 내렸다.

11 ─────── 도서관에서 집까지 걸어가는 15분 동안 횡단보도를 여덟 번 건넜다. 그중 일곱 번은 신호등이 없다. 날이 저문다.

12 ─────── 소문 같은 시를 쓰고 싶다. 좋은 시는 소문으로 떠돈다. 소문만으로도 무척 무거워진 시집이 있다. 소문의 견고성은 어디에서 오는 걸까. 소문은 꽝꽝 언 호수를 건너 어디론가 날 데리고 간다. 우리는 만나면 자신이 들은 소문을 각자 꺼내놓는다. 그것들이 다 시가 될 수 있다.

13 ——— 김도마의 노래 '휘파람'을 듣는다. "너의 휘파람을 먹고" 가수는 일찍 세상을 떠났다. 부산 하면, 손택수의 시 '부산에 눈이 내리면'이 떠올랐는데, 요즘은 세이수미가 먼저 떠오른다. 세이수미의 노래 '꿈에'에서는 "지금 우리 모두가 살아있는 꿈을 꾸고 있는 것"이라고 노래한다. 노랫말이 좋은 노래들이 너무 많아 나는 더 오래 살고 싶다.

14 ——— 꿈이 아주 멀리 있어서 다행일 때가 있었다. 그때는 동경만으로도 버틸 수 있었다. 시간이 흐르면서 물거품을 겪게 되었다. 오장박의 노래 '내일이 찾아오면'을 자주 듣던 때가 좋았다. 오장박 중에서 한 명인 박정운이 세상을 떠났다. 그는 노래를 하다 사업을 했는데 잘 되지 않았다고 한다. 우리는 오래된 꿈에서 너무 멀리 지나쳐 왔다. 내일이 푸른 바다 저 멀리서 잔잔하게 있지만은 않을 것이다. 그의 노래처럼 꿈은 이제 '먼 훗날에' 낯설게 만나게 되리라. 예전에 그가 노래하는 모습을 TV로 봤을 때의 장면이 떠오른다. 열창하는 동안 도드라지던 핏줄. 그 모습을 보면 내 마음의 피도 같이 도는 것 같았다.

15 ——— 넷플릭스로 '수리남'을 봤다. 마약왕 전요환(황정민 분)이 좋아하는 노래가 조용필의 '꿈'이다. "이 세상 어디가 숲인지 어디가 늪인지" 알 수 없는 밀림의 나라 수리남에서

꾼 꿈. 6부작은 밤새우며 보기 적절한 시간이다. 다 보니 꿈을 꾼 것 같다. 어떤 권선징악도 느껴지지 않았고, 남미의 나뭇잎 빛깔에만 코카인처럼 현혹되었다.

16 ——— 산을 넘으려면 반드시 뱀의 길을 지나야 한다.

17 ——— 눈이 내리면 눈 내리는 풍경과 가장 잘 어울릴 노래를 찾는다. 오늘은 이세계의 노래 '낭만젊음사랑'이다. 반복재생으로 들으며 나는 저 눈 속으로 미끄러진다. 새해 해돋이를 유튜브로 봤다. 제주도에서는 12월 31일이면 성산포에 사람들이 인산인해를 이룬다. 나이 마흔에 심장마비로 세상을 떠난 친구 성환이와 함께 12월 31일 밤에 성산포로 출발했다. 하지만 차가 밀려 늦어질 것 같아 포기하고 평대리 바닷가에서 캔맥주를 마시고 벤치에 누워 눈을 붙였던 기억이 난다. 삶은 해돋이를 보러 가는 과정이다. 중간에 불꽃놀이도 하고. 쏘아 올리지 못한 꿈이 있어서 대신 불꽃이라도 날려 터트려 보는 건지도 모른다. 성환과 경마장에 간 적 있다. 그때 우리의 꿈은 우리가 돈을 건 말이 맨 먼저 결승선을 통과하는 것이었다. 그것뿐이었다. 시를 쓰면서 시에게 너무 많은 기대를 하면 시는 작렬한다.

18 ——— 김광규의 시 '희미한 옛사랑의 그림자'에 나오는 문장 "돌돌 말은 달력을 소중하게 옆에 끼고"처럼 하고서 아버지가 집으로 들어올 것 같은 세밑. 한그루출판사에 갔다가 달력 하나를 얻었다. 한국조류보호협회에서 나온 달력이다. 작년에도 받았는데, 벽에 걸어놓으면 새들이 날아다닌다. 새 좋아하는 김새홍, 아니 김세홍 시인에게 드려야겠다.

19 ——— 어제 서귀포 앞바다에서 발생한 지진으로 인한 피해가 없는 줄 알았는데, 오늘 방과후 시간에 아이들이 피해를 호소한다. "저는 깜짝 놀라서 일어서다 책꽂이에 이마를 부딪쳐 아파요." "어제 학원에서 친구가 무섭다고 울었어요." "저는 속이 울렁거려서 토할 것 같았어요." "저는 어제 지진 나서 놀이터 가지 말라고 해서 못 놀았어요." "저는 지진 나서 집중이 되지 않아 숙제를 못 했어요." "저는 엄마랑 짜장면 먹으러 가기로 했는데 지진 때문에 취소됐어요." 피해 속출이다. 아이처럼 시를 쓰자. 더 예민하게 나의 감정을 들여다보자.

20 ——— 김경희의 시집 '작은 새'(창비, 1994). 너무 늦게 이 시집을 알게 되었다. 동시마중 카페의 추천글에서 처음 봤다. 1994년에 나온 시집인데 지금껏 몰랐다. 다행히 알라딘에서 팔고 있어서 두 권 주문했다. 놀라운 건 옛날 가격 그

대로. 빛바랜 책이 왔다. 30년 가까이 지난 책이니 멀쩡할 리가 없지. 아무튼 이 시집 좋다. '관념의 감각'이라고 느낌을 말하고 싶다. 뒤늦게 만났지만 깊이 읽게 될 것 같다. "지금까지 경험한 적 없는 태풍"이 서귀포 먼바다 부근까지 온 날에.

21 ——— 시의 함축에 대해서 쉽게 이해하는 방법. 이문세의 노래 '할 말을 하지 못했죠'를 들어보면 된다. 그래도 이해가 안 되면 동물원의 노래 '말하지 못한 내 사랑'을 들어보라. 그래도 도통 모르겠다면 그 답답한 마음을 알아주지 않아 노래가 탄생했다. 자, 이제 이해됐죠?

22 ——— 송악도서관에서 시창작교실 끝나고 진개동산 버스 정류장. 고양이 버스를 기다리는 토토로처럼 돌고래 버스를 기다린다. 영락리 바다에서 버스가 온다. 나는 돌고래 버스를 타고 산방산을 넘어 서귀포까지 넘실거릴 것이다.

23 ——— 오늘 예식장 두 곳에 갔다. 한 곳은 외사촌동생 결혼식, 또 한 곳은 육촌 형의 딸 결혼식. 외삼촌 내외가 돌아가셔서 기현이 외삼촌 내외가 부모 역할을 하는 모습이 짠했다. 외사촌동생은 엉강이 좋아 잘 살 것이다. 늘 20대 느낌인 조카들도 이제 마흔을 다 넘겼으니 세월 빠르다. 뒤늦게

도착한 두 번째 예식장엔 자리가 없어서 육촌 형네 직장 동료들이 앉은 테이블에서 밥을 먹었다. 육촌 형은 경찰이어서 나는 괜스레 눈칫밥을 먹었다. 아버지가 건강했다면 호기롭게 앉아 껄껄거리다 넉둥배기에도 합세했을 것이다. 다시 서귀포로 가는 길. 점심으로 두 끼를 먹어서 까스활명수 생각이 간절했다.

24 ──────── 가끔 사운드클라우드로 음악을 듣는다. 아직 음원이 없는 방구석 음악인의 노래도 들을 수 있고, 여러 감성의 커버곡을 찾아 듣는 재미도 있다. 미선이의 노래 '시간' 커버곡을 어디서 듣느냐 말이다. 중학생 때 태홍이가 기타를 배웠다며 내 앞에서 서툰 실력으로 '이루어질 수 없는 사랑'을 연주하던 그 순수한 공간에 다시 간 것만 같은. 그중에서도 사금처럼 빛나는 목소리들.

25 ──────── 데블스의 노래 '그리운 건 너'를 듣다가 가만히 생각해 보니 노랫말 중에서 묘한 부분이 있다. "그리운 건 너, 외로운 건 나"라고 하는데, 네가 그리워 나는 외롭다는 말이겠으나 다시 생각해 보니 아리송하다. 그리운 건 너, 그러니까 네가 그리워하는 것. 네가 그리워하고 내가 외롭다는 것으로 이해되기도 한다. 네가 그리워하면 할수록 나는 외로워진다는 말로 들린다. 이 운명을 어떻게 견딜 수 있을까. 즐

거운 혹은 괴로운 오독.

26 ——————— 단톡방에 올라온 어느 시인의 사진을 보니 꽤 늙었다. 그 시인의 나이가 몇이더라. 네이버에서 검색해서 계산기로 두드려보니 어느덧 70을 바라보는 나이로구나. 내가 시를 쓰겠다고 얼굴을 막 처음 내밀었을 때 술 취해 전화 걸곤 하던 그 사람. 나는 마뜩잖은 것도 있었지만 은둔형인 탓에 술자리에 한번 나가지 않았다. 계산해 보니 얼추 그때의 시인이 지금 내 나이다. 술 마시면 누군가를 막 부르고 싶어지는. 오랜만에 제주 시청 뒷골목에서 술 한잔했다. 호기롭게 계산하면 좋았겠지만 머뭇거렸다. 택시 타고 가라며 붙잡는 걸 뿌리치고 막차 타고 한라산을 넘는데 정신이 멀쩡해서 대낮 같다.

27 ——————— 말몰레기인데 초등학교 방과후 강사로 산다. 방과후는 정규수업이 끝나고 이루어진다. 왠지 나의 B급 정서와 닮았다. 아이들은 방과후 시간에는 바른 자세도 약간 흐트러진다. 해가 기우는 시간이기에 그 기운이 있을 것이다. 학부모의 성화에 못 이겨 신청했겠지만 다른 방과후도 많은데 글쓰기로 타협한 아이들이 너무나 가상하다. 가끔 방과후를 오전에 하는 경우도 있다. 예전에 토산초에서 1교시 수업을 한 적 있는데 졸린 눈으로 경청하는 아이들이 너무

귀여웠다. 그중 유독 까부는 아이가 한 명 있었는데 담임선생님이 다가가 귓속말로 뭐라고 하니까 그 아이는 갑자기 입 다물고 자세를 바르게 했다. 그 선생님이 귓속말로 뭐라고 말했는지 끝내 물어보지 못한 게 후회로 남는다.

28 ─────── 이제 '제주시 용담로 130' 주소는 없다. 집도 사라지고, 주소도 사라졌다. 어느 겨울 저녁, 화장실 천장이 무너졌다. 놀라 아버지에게 물으니 아버지는 대수롭지 않게 여겼다. 이 건물은 부르ㄲ로 지어서 시간이 지날수록 큰 바위가 될 테니 괜찮다고 말했다. 하지만 아버지가 쓰러지기 전에 건물이 먼저 쓰러졌다. 오래전에 재, 미진과 동인지를 만들었다. 몇 군데 출판사에 의뢰했으나 거절당하고 출판사를 등록해 독립출판을 했다. 그 뒤로 블로그에 '월간 시화사'로 연명 중이다. 발행서 주소가 '제주시 용담로 130'이다. 객쩍은 마음은 늙지도 완성되지도 않는다. 시는 사람이 쓰는 게 아니라 공간이 쓰는 걸까.

29 ─────── 바람이 나뭇잎에서 낮잠을 잔다. 이때 안 쓰면 언제 쓸까. 이 액상차는 하루에 다섯 번, 1회 1포(70㎖)씩, 따뜻한 물 700㎖에 희석하여 마시면 된다. 오늘 뜻하지 않게 시간이 나서 낮에 영화를 봤다. 휴가 기분이었다. 영화를 보는 동안 불안했다. 그 불안한 마음이 시를 쓰게 한다.

30 ———— 송찬호의 동시 '아기 오리 인형'을 읽노라니 하늘색 하늘이 보고 싶어졌다. 골목길에 나가 하늘을 봤다. 다행히 날씨가 맑았다. 서홍동 하늘. 하늘에서도 아기 오리가 혼자 놀고 있을 것 같았다. 이제 앞으로는 태엽 있는 인형이 있으면 잔뜩 감아줘야겠다.

31 ———— 형이랑 삼대국수에서 국수 먹고, 형 사는 원룸 가는 길에 커피 한잔 마셨다. 누옥을 고친 찻집 '누옥'. 형과 나도 어렸을 때 이런 누옥에 살았는데, 그 집은 이제 없다. 보상심리가 시를 쓰게 한다. 이별 후에 얼마나 많은 시를 쓰게 되는가.

32 ———— 시는 콜렉션과 닮았다. 편의점 앞을 지나는데 '포켓몬빵 없습니다'라는 안내글이 유리창에 붙어 있다. 포켓몬빵이 요즘 초등학생들에게 인기다. 그 빵이 맛있어서가 아니라 포켓몬 스티커를 모으기 위해서다. 나도 어렸을 때 아시안게임과 올림픽게임 메달리스트 스티커를 모았다. 막내 외삼촌에게서 우표첩을 물려받고 우표를 모으기도 했다. 그 무렵 막내 외삼촌은 등산 기념품을 모으기 시작했다. 누나는 껌 종이와 찻집 성냥을 모았다. 누나 친구는 그 껌 종이를 접어 근사한 작품을 만드는 재주도 있었다. 사람들에게는 콜렉터의 유전자가 있나 보다. 그러니 시가 있다. 발견을 하고 자

신의 감정으로 확인한다. 아주 먼 옛날 겨울을 대비해 먹을 것을 모아놓던 습성이 여전히 우리에게 남아있는지도 모른다. 시는 빗살무늬토기를 만들 때도 있었을 테니. 낡은 카세드 테이프를 이사갈 때마다 낑낑거리며 들고 다닌다. 요즘은 시디를 모은다. 엘피는 너무 비싸 시디를 모은다. 여행을 가려면 돈과 시간이 필요해 시를 쓴다. 사랑을 하려면 돈과 시간이 필요해 시를 쓴다.

33 ——— 매미 울음을 사진 찍을 수 있을까. 어떤 사진에서는 소리가 정말 들리는 것 같다. 시도 그럴 것이다. 시에서 소리도 나고, 안개도 피어오른다. 매미 울음을 따라 숲에 들어간 적 있다. 매미 울음이 나뭇잎과 햇빛에도 묻어 있었다. 숲 속으로 들어갈수록 나뭇잎이 더 짙었다. 할 일을 미뤄두고 걸은 숲길. 매미 날개 같은 여름이 지나가고 있었다. 집에 돌아갈 걱정이 되지 않을 즈음 시가 온다. 그러면 지난 봄에 산 화분에 물을 줘야 하는 일이 중요한 일이라 여기게 된다.

34 ——— 정말 오랜만에 손편지를 받았다. 편지를 받은 날에 더 추워졌다. 편지지에는 보내는 사람의 호흡이 다 전해졌다. 대충 써서 억지로 통과해보려고 한 석사 논문이 지도교수에 의해 반려되었다. 처음부터 다시 시작하라고. 부족한 논문을 많은 사람들 앞에서 발표했을 때보다 오늘이 더

부끄러웠다. 터벅터벅 걸어서 도서관에 왔는데 경북 의성에서 편지가 왔다. "늘 힘을 얻을 수 있는 존재가 형인 것 같아." 그 말 한마디가 희미해진 내게 빛깔을 줬다. 편지가 귀해서 언제부터인가 편지를 손편지라 부른다.

35 ———— 제주도에서 활동하는 연극배우 H가 한 달 전즈음 강원도 평창으로 갔다. 한옥 학교에 들어간 것. 평생 꿈이 제힘으로 집을 짓는 거라면서. 며칠 전 한라산 꼭대기 부근에 눈 내린 날 아침에 전화가 왔다. 조금 상기된 목소리의 H. 오늘 강원도에 눈 내려서 결석을 했다고. 밤새 내린 눈이 별처럼 보여서 윤동주의 시 '별 헤는 밤'을 생각하며 시를 쓰겠다고. '결석'이라는 말이 차가운 결정처럼 들렸다. 몇 시간 뒤에 카톡으로 사진이 왔다. 기차를 타고 동해에 갔다며 찻집 차창으로 본 동해 바다 사진을 보내왔다. 나는 서둘러 그 사진에 어울리는 노래를 찾았다. 푸른하늘의 노래 '겨울 바다'가 자꾸 떠올랐지만 꾹꾹 누르고 찾은 노래는 지명이 좀 다른 곳이지만 락킷걸의 노래 '양양 파도타기 좋은 날'이다. H가 동해 바다 파돌 타고 멀리멀리 어디론가 다녀오면 좋겠다. 녹았던 눈이 먼 곳에 갔다가 일 년 지나 다시 돌아오는 것처럼.

36 ─────── 가수 이동원은 그가 부른 노래 '가을 편지'처럼 가을에 숨을 거두었다. 가수에게 식도암이라니. 노래 부르지 못하는 중병에 얼마나 괴로웠을까. 그가 부른 노래 '향수' 넉분에 정지용을 알게 되었다. 시를 쓰겠다고 어깨에 힘주고 치기스럽게 응모했던 지용신인문학상 당선 통보를 받고 처음 갔던 옥천에서는 종일 노래 '향수'가 귓가에 맴돌았다. 그때 시상식을 보러 아버지가 옥천까지 오셨다. 사진이 궁금해서 찾아보니 아직 있다. 그 무렵 활동하던 차령시맥 동인들은 모두 어느 곳에서 시를 쓰고 있을까. 아버지는 동인들 옆에 앉아 계셨다.

37 ─────── 서귀포에서 제주시로 버스 타고 간다. 오늘은 어제의 편지에 대한 답장인 걸까. 그리고 내일은 또 오늘에게 답장할 테고. 이 버스 노선 같은 편지 쓰기. 그곳의 안부를 묻고, 이곳의 날씨를 전한다. 달빛요정 역전만루홈런은 불렀지. "마을버스처럼 달려라". 281번 버스는 달린다. 한라산도 거뜬히 넘는다. 오는 길엔 좋아하는 사람과 함께.

38 ─────── 노란 꽃 아래를 지나는 무당벌레는 구름이 노랗겠다. 어제는 구름이 빨갛더니.

39 ─────── 서귀포다문화가족지원센터에서 진행된 시 쓰기 수업이 끝났다. 코로나라서 처음엔 영상으로 진행했다. 영상으로 하니까 이해하기 힘들다는 수강생들의 원성으로 나중에는 오프라인 수업을 진행했다. 베트남에서는 바람이 싸오싸악 불며, 제주의 영등할망처럼 바람아줌마가 있다는 걸 알게 되었다. 필리핀에서 온 진은 이곳 한국에서 "여름에는 고향 냄새가 난다"고 했고, 베트남에서 온 민은 새벽에 일어나 엄마랑 배를 타고 수상시장에 가던 일을 시로 썼다. "배 옆구리에 파도가 찰싹 치면 수평선 위로 해가 떠오르기 시작한다"고….

40 ─────── 나는 시를 쓰기 시작하면서 잠이 안 올 때 양을 세지 않는다. 책 한 권 팔리면 천 원, 두 권이면 이천 원, 세 권이면 삼천 원, 네 권이면…. 이렇게 세다 보면 꿈에서 잠을 잘 수 있다.

41 ─────── 시와 노래는 성층권쯤에서 반사될까.

42 ─────── 예전에 베스트셀러극장이었던 것 같다. 어떤 일로 도망치던 남자가 시냇물 앞에 앉아 있는데 해바라기의 노래 '지금은 헤어져도'가 흘러나왔다. 카메라는 흐르는 물을 가만히 보여주었다. 환영처럼 아는 사람들이 시냇가에 앉았다

가 사라졌다. 시민회관 앞에 있던 레코드가게에 가서 카세트 테이프를 샀다. 밤에 누워 그 노래를 틀면 사람들이 물속으로 사라지는 것 같아 으스스했다. 아버지 영정사진을 장롱 위에 올려놓고도 여전히 꿈같다. 아버지는 아주 오래된 꿈을 꿀 것이다.

현택훈

제주도에서 태어나
한 번 다른 지역에 가서 머물다
다시 고향에서 지낸다.
몇 권의 시집과 몇 권의 산문집을 냈다.
traceage@naver.com

마음에 드는 글씨

2023년 5월 25일 초판 1쇄 발행

지은이   현택훈
펴낸이   김영훈
편집   김지희
디자인   강은미
편집부   이은아, 부건영, 김영훈
펴낸곳   한그루
              제주특별자치도 제주시 복지로1길 21
              전화 064-723-7580   전송 064-753-7580
              전자우편 onetreebook@daum.net 누리방 onetreebook.com

ISBN 979-11-6867-099-0 (03810)

이 책은 제주특별자치도와 제주문화예술재단의 2023년도 문화예술지원사업의
후원을 받아 발간되었습니다.

값 10,000원